el
LLOP,
l'
ÀNEC
i el
RATOLÍ

escrit per

MAC BARNETT

il·lustrat per

JON KLASSEN

Editorial EJ Joventut

Provença, 101 – 08029 Barcelona

De bon matí, un ratolí

es va trobar amb un llop,

que se'l va empassar de cop.

–Ai ai ai! –va exclamar el ratolí–.
Pobre de mi! Estic atrapat aquí,
a la panxa de la fera.
Crec que això és la fi.
–Silenci! –va cridar algú–.
Estic intentant dormir.
–Qui hi ha? –va xisclar el ratolí.

Es va encendre una espelma.

Hi havia un ànec dins d'un llit.

–I doncs? –va dir l'ànec.

–Oh! –va dir el ratolí.

–Això és tot? –va preguntar l'ànec–. M'has despertat a mitja nit.

El ratolí va mirar al voltant.

–Bé, allà fora és de dia.

–Ah sí? –va dir l'ànec–. És difícil de saber aquí dins. Tant de bo aquesta panxa tingués un parell de finestres. Si més no, és hora d'esmorzar!

El menjar era deliciós.

–D'on has tret la melmelada?
–va preguntar el ratolí–. I les estovalles?

L'ànec mossegava una torrada.

–Et sorprendries del que es pot arribar
a trobar a dins d'un llop.

–S'hi està bé.

–És casa meva –va dir l'ànec.

–Vius aquí?

–I hi visc de primera! És cert que
el llop m'ha empassat, però no tinc
cap intenció que se'm mengi.

Per dinar van preparar una sopa.

El ratolí es va escurar el coll i va dir:

–No trobes a faltar el món de fora?

–Gens ni mica! –va respondre l'ànec.

–Quan vivia fora, sempre tenia por
que se m'empassés algun llop.

»Aquí dins, això ja no m'amoïna.

L'ànec tenia raó.

–Que em puc quedar? –va preguntar el ratolí.

–I tant! –va respondre l'ànec.

I ho van celebrar ballant.

Amb aquell sarau a dins, al llop li va venir mal de panxa.

–Auu! –va exclamar el llop–. Pobre de mi! Quin mal! Mai no m'havia trobat tan malament. Segurament és per alguna cosa que he menjat.

L'ànec va cridar:

–Jo sé el remei!

–De debò? –va preguntar el llop.

–Sí! Un antic remei per al mal de panxa. Menja un tros de formatge del bo. I una gerra de vi! I un parell d'espelmes de cera d'abella.

Aquella nit van fer un bon tiberi.

L'ànec va proposar un brindis: «A la salut del llop!».

Però el llop es trobava pitjor.

–Auu! Em sembla que rebentaré. No em puc ni moure.

Un caçador va sentir els gemecs del llop.

Va disparar, però era fosc i va errar el tret.

L'ànec va cridar: «Campi qui pugui!».

El llop va intentar fugir,
però va ensopegar
i es va quedar atrapat
entre les arrels
d'un vell roure.

–Ai! –va exclamar l’ànec–. Quina desgràcia!

Què serà de nosaltres? Em temo que això és la fi.

El ratolí es va aixecar.

–Hem de lluitar. Ho hem d’intentar.

Aquesta nit sortirem a defensar la nostra llar.

–A L'ATAC!

–Ai! Pobre de mi! –va exclamar el caçador–.
Això és la fi! Aquests boscos són plens
de dimonis i fantasmes!
Va fugir del bosc i mai més no va tornar.

El llop es va inclinar
davant de l'ànec i el ratolí.
–M'heu salvat la vida
tot i que jo no pretenia
perdonar la vostra.
Demaneu-me el que vulgueu
i jo ho faré encantat.

Bé,

ja us podeu imaginar què li van demanar.

I per això el llop udola:

«Auuuu! Auuuu!».

Cada nit, udola a la lluna.

«Auuuuuuuu!»

Per a Christian Robinson – M. B.

Per a Mac – J. K.

Títol original: *The Wolf, the Duck & the Mouse*

Publicat per acord amb Walker Books Ltd,
87 Vauxhall Walk, Londres, ES11 5HJ, Regne Unit

EDITORIAL JOVENTUT, S. A., 2018
Provença, 101 - 08029 Barcelona
info@editorialjuventud.es
www.editorialjuventud.es

Traducció de Susana Tornero

Primera edició, octubre del 2018

ISBN: 978-84-261-4496-6

DL B 2061-2018
Núm. d'edició d'E. J.: 13.576

Printed in China